REQVESTE

DE THEOPHILE,

AV ROY:

M. DC. XXIV.

REQVESTE
DE THEOPHILE
AV ROY.

1.

AV milieu de mes libertez
Dans vn plein repos de ma vie
Où mes plus molles voluptez,
Sembloient auoir passé l'enuie,
D'vn traict de foudre inopiné
Que ietta le Ciel mutiné,
Dessus le comble de ma ioye,
Mes desseins se virent trahis,
Et moy d'vn mesme coup la proye,
De tous ceux que i'auois hays.

2.

Le visage des Courtisans ,
Se peignit en ceste auanture:
Des Couleurs dont les medisants,
Voulurent peindre ma Nature,
Du premier trait dont le malheur,

A ij

Separa mon deſtin du leur,
Mes amis changerent de face ;
Ils fureut touts muets & ſourds,
Et ie ne vis en ma diſgrace,
Rien que moy meſme à mon ſecours.

3.

Quelques foibles ſolliciteurs,
Faiſoient encor vn peu de mine,
D'arreſter mes perſecuteurs,
Sur le panchant de ma ruyne:
Mais en vn peril ſi preſſant,
Leur ſecours fut ſi languiſſant,
Et ma guariſon ſi tardiſue,
Que la Raiſon me reſolut,
A voir ſi quelque Eſtrange riue,
M'offriroit vn port de Salut.

4.

Ie fus long temps à deſſeigner,
Où j'irois habiter la Terre,
Et ſur le point de m'eſlongner,
Mille peurs me feſoient la guerre :
Car le Soleil qui chaſque iour,
Fait ſi viſte vn ſi large tour,
Ne viſite point de contree,
Où ces Chefs de diſſentions,
Ne donnent ayſément l'entree,
A quelqu'vn de leurs eſpions.

5

5.

’Apres cinqs ou six mois d’Erreurs,
Incertain en quel lieu du monde,
Ie pourroy r’asseoir les terreurs,
De ma misere vagabonde,
Vne incroyable trahison,
Me fit rencontrer ma prison,
Où j’auois cerché mon Assyle;
Mon protecteur fut mon sergent;
O grand Dieu qu’il est difficile,
De courre auecque de l’argent.

6.

Le billet d’vn Religieux,
Respecté comme des Patantes
Fit espier en tant de lieux
Le porteur des Muses errantes,
Qu’à la fin deux meschans Preuosts
Forts grands volleurs, & tres deuots,
Prians Dieu comme des Apostres,
Mirent la main sur mon collet,
Et tout disans leur Patenostres
Pillerent iusqu’à mon vallet.

7

A l’esclat du premier apas,
Esblouys vn peu de la proye,
Ils doubtoient si ie n’estois pas
Vn faiseur de fausse monnoye:

6

Ils m'interrogeoient sur le prix
Des quadruples qu'on m'auoit prié
Qui n'estoient pas du coin de France:
Lors il me prit vn tremblement
De crainte que leur ignorance
Me ingeast Preuostablement.

8

Ils ne pouuoient s'imaginer
Sans soupçon de beaucoup de crimes,
Qu'on trouuast tant à butiner
Sur vn simple faiseur de rimes,
Et quoy que l'or fust bon & beau
Aussi bien au iour qu'au flambeau,
Ils croioyent me voyant sans pene,
Quelque fonds qu'on me desrobat,
Que c'estoient des fueilles de chesne
Auec la marque du Sabat.

9

Ils disoient entr'eux sourdement
Que ie parlois auec la Lune,
Et que le Diable asseurément
Estoit autheur de ma fortune:
Que pour faire seruice à Dieu
Il falloit bien choisir vn lieu,
Où l'obiect de leur tyrannie
Me fit sans cesse discourir
Du trespas plein d'ignominie,
Qui me deuoit faire perir.

10

Sans cordon, iartieres ny gans
Au milieu de dix hallebardes
Ie flatois des gueux arrogans
Qu'on m'auoit ordonné pour Gardes :
Et nonobstant chargé de fers
On m'enfonce dans les Enfers
D'vne profonde & noire caue,
Où l'on n'a qu'vn peu d'air puant,
Des vapeurs, de la froide baue
D'vn vieux mur humide & gluant.

11

Dedans ce commun lieu de pleurs
Où ie me vis si miserable,
Les assassins & les volleurs
Auoient vn trou plus fauorable :
Tout le monde disoit de moy
Que ie n'auois ny Foy ny Loy,
Qu'on ne cognoissoit point de vice
Où mon ame se s'addonnat,
Et quelque trait que i'escriuisse
C'estoit pis qu'vn assassinat.

12

Qu'vn sainct homme de grand esprit,
Enfant du bien-heureux Ignace
Disoit en chese & par escrit
Que i'estois mort par accoustance,

8

Que ie ne m'estois absenté
Que de peur d'estre executé
Aussi bien que mon effigie,
Que ie n'estois qu'vn suborneur,
Et que i'enseignois la Magie
Dedans les Cabarets d'honneur.

13

Qu'on auoit bandé les ressors
De la noire & forte Machine,
Dont le souple & le vaste corps
Estand ses bras iusqu'à la Chine :
Qu'en France & parmy l'Estranger
Ils auoient dequoy se vanger,
Et dequoy forger vne foudre,
Dont le coup me seroit fatal,
En deust-il couster plus de poudre
Qu'ils n'en perdirent à Vvital.

14

Que le gaillard Pere Guerin,
Qui tous les iours fait dans la Chese
Plus de leçons à Tabarin
Qu'à tous les Clercs d'vn Diocese,
Ce vieux basteleur desguisé,
Comme s'il eust bien disposé
Et Terre, & Ciel à ma ruine
Preschoit qu'à peu de iours de là
La Iustice humaine & Diuine
M'immoleroit à Loyola.

15.

Que par le sentiment Chrestien
D'vne charité volontaire,
Infinité de gens de bien,
Auoient entrepris mon affaire,
Qu'on estoit si fort irrité
Qu'en despit de la verité,
Que Iesus Christ à tant aimée,
Pour les interests du Clergé,
On me vouloit voir en fumée,
Soudain que ie serois iugé.

16.

On Employe de par le Roy,
De la force & de l'artifice :
Comme si Lucifer pour moy,
Eust entrepris sur la Iustice,
A Paris soudain que i'y fus,
I'entendois par des bruicts confus
Que tout estoit prest pour me cuire,
Et ie doutois auec raison,
Si ce peuple m'alloit conduire,
A la Greue ou dans la Prison.

17,

Icy donc comme en vn tombeau,
Troublé du peril ou ie reue,
Sans compagnie & sans flambeau,
Tousiours dans le discours de Greue

B

17.

A l'ombre d'vn petit faux iour,
Qui perce vn peu l'obscure tour,
Où les bourreaux vont à la queste :
Grand Roy l'honneur de l'Vniuers,
Ie vous presente la Requeste,
De ce pauure faiseur de vers.

18.

Ie demande premierement,
Qu'on supprime ce grand volume :
Qui braue trop insolemment,
La captiuité de ma plume,
Et que Monsieur le Cardinal,
Apres m'auoir fait tant de mal,
Pour l'amour de Dieu se retienne :
Il va contre la charité
Et choqua vne Vertu Chrestienne,
Quand il choque ma liberté.

19.

Qu'on remonstre aux Religieux,
A qui mon nom semble vn blaspheme,
Que leur zele est iniurieux,
De vouloir m'oster le baptesme,
Que les crimes qu'ils ont preschez,
Incogneus aux plus desbauchez,
Sont controuuez pour me destruire,
Et sement vn subtil apas,
Par où lame se peut instruire,

Au vice qu'elle ne sçait pas.

20.

Que si ma plume auoit commis,
Tout le mal qu'ils vous font entendre,
La fureur des mes ennemis
M'auroit desia reduict en cendre,
Que leurs escrits & leurs abois,
Qui desia depuis tant de mois,
Font la guerre à mon innocence,
M'auroient faict faire mon procez,
Si dans ma plus grande licence :
Ie n'auois esuité l'excez.

21.

Que c'est vn procedé nouueau,
Dont Ignace estoit incapable :
De fouïller l'air, la terre & l'eau,
Pour rendre vn innocent coulpable,
Qu'autrefois on a pardonné,
Ce carnaual desordonné,
De quelques vns de nos Poëtes,
Qui se trouuerent conuaincus,
D'auoir sacrifié des bestes
Deuant l'Idole de Bacus.

22.

Qu'à mon exemple nos Rimeurs,
Ne prendront point ce priuilege,
Et que mes escrits & mes mœurs,

Ont en horreur le sacrilege,
Que mon confesseur soit tesmoin,
Si ie ne rends pas tout le soin,
Qu'vn bon Chrestien doit à l'Eglise,
Et qu'on ne voit en aucun lieu,
qu'vn vers de ma façon se lise,
Qui soit au deshonneur de Dieu.

23.

Que l'honneur, la pitié, le droit :
Sont violez en ma poursuitte,
Et que certain Pere voudroit,
N'auoir point empesché ma fuitte,
Mais la honte d'auoir manqué
Ce qu'il a si fort attaqué,
Demande qu'on m'aneantisse:
De peur que me rendant au Roy,
Les marques de son iniustice,
Ne suruiuent auecques moy.

24.

Iuste Roy protecteur des Loix ;
Vous sur qui l'equité se fonde,
Qui seul emportez sur les Roys,
Ce tiltre le plus beau du monde,
Voyez auec combien de tort,
Vostre Iustice sent l'effort,
Du tourment qui me desespere,
En France on n'a iamais souffert,

Ceste procedure estrangere ,
Qui vous offence & qui me perd .

25.

Si i'estois du plus vil mestier ,
Qui s'exerce parmy les ruës ,
Si i'estois fils de Sauetier ,
Ou de vendeuse de moruës ;
On craindroit qu'vn peuple irrité ,
Pour punir la temerité
De celuy qui me persecute
Ne fit auec sedition
Ce que sa fureur execute
En son aueugle emotion.

26.

Apres ce iugement mortel
Où l'on a veu ma renommee ,
Et mon portrait sur leur Autel
N'estre plus qu'vn peu de fumee ,
Falloit il cercher de nouueau ,
Les matieres de mon tombeau ,
Faloit-il permettre à l'enuie ,
D'employer ses iniustes soins
Pour faire icy languir ma vie,
En l'attente des faux tesmoins.

27.

Mais quelques peuples si loingtains ,
Dont la nouuelle intelligence ,

Puisse accompagner les desseins,
De leur cruelle diligence,
Que des Lutins, des loup-garoux,
Obeyssans à leur couroux,
Viennent icy pour me confondre,
Dieu qui leur serrera la voix,
Pour mon salut fera respondre,
La Saincte authorité des Loix.

28.

Qui peut auoir assez de front,
Quels fols ont assez de licence,
Pour ne se taire auec affront,
A l'abord de mon innocence?
Et quoy que la canaille ayt dit,
Pour l'argent ou pour le credit,
Dont on leur a ietté l'amorce,
Dans les mouuemens de leurs yeux,
On verra qu'ils parlent par force,
Deuant des Iuges & des Dieux,

29.

O grand Maistre de l'Vniuers,
Puissant autheur ne la nature,
Qui voyez dans ces cœurs peruers,
L'appareil de leur imposture,
Et vous Saincte Mere de Dieu,
A qui les noirs creux de ce lieu
Sont aussi clairs que les estoilles,

Voyez l'horreur ou l'on m'a mis ;
Et me desuelopez des toiles ,
Dont m'ont enceint mes ennemis.

30.

Sire iettez vn peu vos yeux,
Sur le precipice où ie tombe ,
Sainſte Image du Roy des cieux ,
Rompez les maux où ie ſuccombe,
Si vous ne m'arraçhez des mains ,
De quelques morgueurs inhumains,
A qui mes maux donnent à viure ,
L'Hiuer me donnera ſecours ,
En me tuant , il me deliure ,
De mille treſpas tous les iours.

31

Qu'il plaiſe à voſtre Maieſté ,
De ſe remettre en la memoire
Que par fois mes vers ont eſté
Les Meſſagers de voſtre gloire,
Comme pour accomplir mes væux ,
Encor auiourd'huy ie ne veux
R'auoir ma liberté premiere,
Que pour la mettre en ce deuoir
Et ne demande la lumiere,
Que pour l'honneur de vous renoir.

32.

Dans ces lieux vouez au mal-heur ,

Le Soleil contre sa nature,
A moins de iour & de chaleur
Que l'on n'en fait à sa peinture
On n'y void le Ciel que bien peu,
On n'y void ny terre ny feu,
On meurt de l'air qu'on y respire,
Tous les obiects y sont glacez.
Si bien que c'est icy l'Empire
Où les viuans sont trespassez.

33

Comme Alcide força la mort
Lors qu'il luy fit lascher Thesee,
Vous ferez auec moins d'effort
Chose plus grande & plus aisee,
Signez mon eslargissement.
Ainsi de trois doigts seulement,
Vous abbattrez vingt & deux portes
Et romprez les barres de fer
De trois grilles, qui sont plus fortes
Que toutes celles de l'Enfer.

FIN.